초승달 나무

초승달 나무

초판 1쇄   2010년 7월 19일
지은이   김복태
펴낸이   김영재
펴낸곳   책만드는집

주소   서울 마포구 합정동 428-49번지 4층 (121-887)
전화   3142-1585·6
팩스   336-8908
전자우편   chaekjip@chol.com
출판등록   1994년 1월 13일 제10-927호
ⓒ 김복태, 2010

ISBN 978-89-7944-339-4 (03810)

초승달 나무

김복태 시집

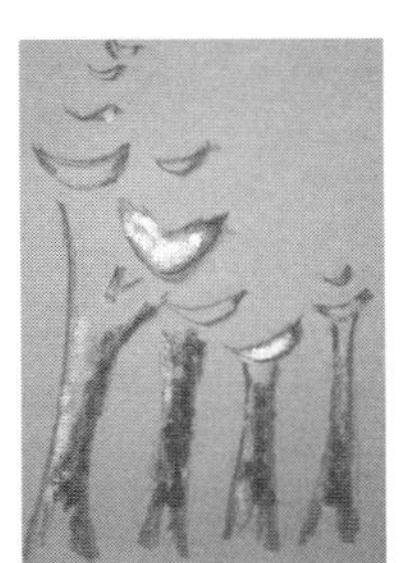

책만드는집

| 시인의 말 |

보문단지 호숫가 근처
벚나무 아래 앉아
멀리 시냇가에 재두루미
한쪽 다리 들어 올린 것 바라보며
내려놓을 때까지 눈싸움해 본다
들어 올린 저 다리 물면에 닿는 순간
그 순간,
시가 오는 소리 들릴 것인가?

나는 시의 한쪽 다리를
들어 올린 채 너무 오래도록
물가에 서 있었다

—2010년 여름
김복태

| 차례 |

1부

일출 日出

돋보기안경 쓰고 내 발바닥에 난 길 따라가다가
골 깊은 용천湧泉을 가로지르다
엄지 쪽으로 올라가는데 웬, 웬, 둥근 나이테
나를 탄생에서부터 묶어온 나이테
그래도 뚫어져라 들여다보는데

빗물이 흐르고 구름이 흐르는 길
천둥 번개 시퍼렇게 흐르는 어둠길이더니
젖은 옹이 앞에 서서 문 두드리더니
나무의 잎그늘이더니 숲이더니
쏴아! 쏴아! 바람이더니

어느새 눈물 퍼덕이는 비늘들 사이 바알간 해
바다가 열리고 내 몸의 문이 열리고

자꾸만 출렁이는 몸 솟아오르고 깊이 가라앉고
빙그르르 내 안을 돌아 나오는 우주

감感 그리고 감

감感으로, 나무에 핀 연꽃 같다 하여 붙여진 이름의 목련
잎이나 가지를 꺾으면 생강 냄새가 나는 생강나무, 냄새하고
말하다 보니 지난가을 지하철 안에서 본 두 사람이 생각난다
눈이 말하고 손이 말하고 가슴으로 듣고 있다 어머니 뱃속에
놓아두고 왔을까? 그들의 말과 소리들

손으로 말랑말랑한 허공을 잡았다 놓으며 색깔도, 냄새도
꺼내어본다
떫다 달콤하다 말랑말랑하다 한 사람 얼굴엔 여드름 꽃, 또
한 사람
얼굴, 감물이 배어 나올 듯 상기되어 있다

방금 가지를 꺾어 가지고 온 듯 꼭지가 싱싱한 감, 가지째
한 아름 들고 있다
햇빛 속에 매어 달린 감처럼 눈빛들도 서로에게 매어 달려
있다
마른 풀 냄새는 가즈런히 발아래로 내려놓으며

새처럼 앉은 나와 다람쥐 눈 닮은 사람들과 떡갈나무 굴참
나무 아래
도토리 상수리 같은 눈망울과, 골짜기를 흐르는 물소리와
솔잎에
고여 있는 솔방울과, 바람 소리를 듣고 있는 나와 할머니
보따리
속의 구절초 뿌리와, 밖으로 삐쭉 내민 서리 거둠 호박 줄
기와, 누구 하나
말을 걸거나 소리 내는 사람 없이 스르르 문은 열리고

생파

회양목 낮은 울타리 돌아서
겨울의 통로를 빠져나온 텃밭에 선다
얼어 부푼 파 대궁 꼭지를 따내자
통 겨울 숨을 뱉어낸다
뿌리 끝에 매달린 흙을 쳐 내리자
잔뿌리들 기지개를 켠다
내 발끝도 쭈뼛하게 까치발을 서며
생파의 향기가 코끝을 스친다
이슬 묻은 엉덩이 철썩 때리면 통통
살아서 노래하는 푸르고 긴 줄기
맑고 투명한 액체가 스륵 흘러내리며
찌릿하게 전류를 보낸다

그냥 주저앉아 살이 오르는 소리 듣는다

햇살도 놀라 빠르게 장독대 옆으로 갔다
항아리 뚜껑을 열고 곰삭은 노란 된장

한 숟가락 퍼 올린다
뚝배기 안에서도 봄이 통탕거린다
텃밭에서부터 온 푸르고 투명한 몸들은
내 안으로 들며 뜨겁게 퉁소를 불었다

옥수수

송신을 하고 있는 옥수수들을 보았다
정교한 회로를 감싸는 부드러운 수염들과 그것을 감싸는
껍질들
그 사이 중심부로 광케이블 선으로 입력시키고 있는
맨 끝 부분에 연록으로 알알이 매어 달린 급히 수신된 언어
들이
바람 속에 접속하는 걸, 그들은 무한으로 접속하여 슬픈 사
랑이거나
죽음까지 기록하고 보관한다 해마다 광합성을 하여
신선하고 쫄깃한 맛을 갈아 끼운다
마니아들은 소금과 설탕을 고루 섞어 냉동 보관한다
성능이 약간씩 다른 벌레 먹은 어둠이거나 비어 있는 외로
움도 함께한
칩 속에 여러 개의 방들이 어긋나기로 서 있다
물과 바람과 태양은 새 영상 메시지도 옮겨 넣어준다
환상 교배로의 여행을 즐긴다 흰 알갱이 곁에 검은 알도
끼워 넣은 혼혈로, 또는 달콤하고 저렴한 가격의 성능 좋은

인자로
　만들어 대량 생산하고 복제도 가능하다
　마주나기로 죽음과 질투가 삭제된 사랑 하나만을 입력시켜
놓은
　성능 좋은 복제 인간 하나 냉동 보관해두었다가
　천 년 후에 다시 만나기로 했다

모내기

개구리 울음소리 들립니다
찰랑찰랑 어린 모들이
뿌리를 밀고 내려가는 중입니다
아카시아 꽃잎들 써레질로 질척한 논둑에
더러는 물속으로 뛰어들며 참견을 합니다
나도 살짝 신을 벗고
결이 고운 논흙 속에 발가락들
뿌리 내리게 합니다
생이가래 여러 쌍 파랗게
웃는 하늘을 덮습니다
개구리 날렵한 혀가
초여름을 끌어당깁니다
시간 속으로 헤엄을 치며 달립니다
물을 타고 내려간 뿌리털 끝끝마다
단맛 한 올씩 잡고 씨방 한 톨씩
허공으로 밀어 올립니다

소나무

솔잎 사이 촛대로 받쳐 드는 송화의 몸
바람의 부처들을 만나 날아간다
배롱나무 층층나무 애기똥풀 지나서
깊은 그늘 속 더디 피는 진달래 꽃잎 모아
화전을 부친다 솔잎차를 끓인다
공양 나온 나비와 벌들이 손 비비며
극락교 쪽으로 오른다
보리수 앵두나무 푸른 열매 염주로 구르고
등에 가득 등짐을 진 보살 하나
풍경 소리 따라 산에 오르고
내려서는 물길도 오체투지 풍경이 된다
수수만개 촛대를 든 소나무는
소나무경을 외우는지 적멸에 드는지
나무도 없고 나무*도 없다

* 南無, Namas. '돌아가 의지함'이란 뜻으로 부처 이름이나 경문 이름
앞에 붙여서 절대적인 믿음을 나타내는 말.

초승달 나무

둥그렇게 떠 있는 엄마의 달 속에서
내가 나왔는데요
엄마 아빠는 초승달 나무로 지은
집에서 살았대요
바다 위에 뜬 보름달 속 계수나무는
파도 소리 들으며 자라는지요
바알갛게 속 찬 홍합 만월로 꽉 차오른
썰물 때에 따내어야 하구요
초승달 뜨는 시간에 베어낸 나무 콩닥콩닥
첫사랑으로 설레어서
달 냄새 나무 향기로 옹이 못도 한 번씩 더 밀어 쳐서
낮달같이 환한 집이 되나요

천둥 치는 밤, 번개 치는 대낮에 베어내면 번개 치는 마음
만 집안 가득 끌어다
놓을까 봐 연리지처럼 어여쁜 사랑 나무라나 뭐라나 초승
달 나무

달맞이꽃만 초승달 보고 크는 게 아니지요 달을 먹고 자란
나무, 엄마 젖을 먹고
자란 아이 엄마 운김 먹고 자라는 거라고 할머니께서 하시
는 말씀

초승달 냄새 솔 냄새 맡고 베어낸 나무가 그중 좋은 나무
맞아요?
그 나무 정말, 옹이 깊고 결 고운 나무 맞아요

비파를 켜는 새

―대흥사

어둠은 잘 듣지 못한다

가는귀를 먹은 어둠은 나무 뒤에서 주춤거렸다
노란 깃이 달린 새 깜짝 놀라 비파 줄을 당기듯
가지를 움켜쥐고 있다

비파나무들이 내는 소리 새들이 잠깐 알아듣고
잔가지들을 흔들며 물기를 털어낼 때
내 손가락도 미세하게 흔들렸다

나뭇잎을 헤치고 둥지를 트는 햇살은 대흥사 이끼 낀
지붕 틈 사이로 날아오르고
남아 있는 어둠의 이파리들도 함께 날아갔다
새가 움직였다

비파 잎이 내는 소리들이 분수 아래 연잎 위로 미끄러지며
아치형 돌다리 아래쪽으로 오색 비늘들을 쏟아 내린다

내 몸을 타고 내려오는 물방울도 흙의 잠을 깨우고
숲 속으로 계속 걸어 들어간 나는 젖은 비파나무와 한몸이
되어
젖은 몸을 털어냈다 허공을 가르는 새의 깃 사이로는 햇빛
줄기들

잎과 잎 사이로 흐르는 허공들마저 연주되는지 소리의 비
늘들 내
발바닥까지 텅텅 울리고

청평사 清平寺

　청평사에는 안 보이는 문이 있다 회전문*이라 했다 회전문 앞에 가보지도 못하고 상사뱀을 먼저 만났다 물소리가 내 발목을 잡았다 목숨도 단단히 잡지 않으면 놓치는 법 공주의 몸을 잡고 매어 달리는 상사뱀, 떨어지지 않았다는 표지판을 읽었다 공주탑 앞에서 한 발짝도 더 오를 수가 없어 돌아서는 길 빗속에서 더 깊어지는 말 상사相思라는 말 조금 더 오르면 오봉산이 그림자로 떠오른다는 영지影池가 있다 언젠가 와서 보았던 연꽃은 내 마음의 영지에 다시 피고 안개에 싸였던 하늘이 한 꺼풀 벗겨지고 푸르다 청평에 와서 청평清平이라는 말, 말이 아니고 몸이 되었다 뱀과 공주의 상사뿐이겠는가 내 몸을 칭칭 감아 도는 낙엽과도 상사, 빗물에 달라붙어 떠날 줄 모르는 가을도 상사다 마음 안에는 누구나 회전문 하나씩 가지고 있으니 여기까지가 나에겐 회전문이니 이쯤에서 발길 돌려도

* 절에 들어설 때 만나게 되는 두 번째 문. 사천왕문 중생들에게 윤회전생을 깨우치려는 의미의 문.

24

숲

자정을 넘은 부엌 어둠의 뿔이 자란다 희고 고요한
침묵이 살아 숨을 쉰다 파아란 사슴 한 마리 어둠의
숲 속을 걸어가다 멈춘다 파아란 뿔은 점점 자라서
꽃이 피고 새들이 모여든다 흰 바탕의 접시 안에 사슴이
뿔을 키운다 사과가 주렁주렁 매어 달리고 다람쥐들은
재주를 부린다 사슴이 한 발짝씩 걸을 때마다 흔들리며
크는 새, 따뜻해지는 꽃, 걸어 다니는 꽃, 푸른 요정들이
모여들고 뿔에 매어 달린 잎사귀 사이로 요정들이 춤을 추면
희고 둥근 달이 놀러 올지도 모른다
어제는 사향노루가 놀러 왔었다 향낭에서 사향을
아주 조금 내게 건네주고 갔다 오늘은 별빛에
방금 갈아놓은 예리한 칼로 사과를 깎아서 올려놓았다
뿔 한가운데 어쩌면 이 숲 깨어질 수도 있다

* 진품 플라워 헤드 접시는 폴란드 출신의 디자이너 토르트 본체가 만
드는 테이블 스토리 컬렉션의 일부.

선인장

몸의 아래쪽부터 무너지며
가시를 누이고 주저앉아 물이 되었다

강물 속으로 햇빛들은 뼈를 세우며 들어가고
빛의 뼈들도 나무 속으로 들면 나무의 몸이 되어갔다

네가 하는 말 사랑이었을 때
아픈 가시였을 때
선인장 너에게 아픈 가시가 나였다니
네 몸이 하는 말 알아듣지 못하고
몸도 뿌리도 물이 되어 남은 건 화분 속 모래 한 줌

강물 속으로 뛰어든 햇빛은 물의 몸이 되어
오랜 침묵의 결로 모여 바다 쪽으로 가는 길
요즘 들어 내 이마에 자주 물결이 드나드는 걸 보면
내 몸도 물결이 깊어지며 바다로 가는 걸까

새들의 목젖에 고인 울음도 알아들을 즈음
나도 울음의 뼈에 날개 달고 날아가다가
파도에 부딪치며 바위에 부딪치며
백만 번째 하는 말 말 말

사막의 방랑자

사막의 생을 들춰보면 깊은 생生 그 속은 젖어 있어서
그의 밖의 몸은 매달릴 곳이 없다 하네
사막은 물이 숨은 무덤 제 몸을 적시는 일은 잊어버려서
구름까지 묻어버려서, 버섯바위들만 모여 사구沙丘로 앉아
제 살을 이어 붙일 뼈도 피도 없어서 바람에게 살을
맡겨보는데 모래고양이, 전갈, 낙타나 사는 모래바람 속
누런 호양나무 깡마른 갈대 잎 부스러기들 손과 다리가
잘린 갈대의 영혼들, 사막에는 하늘만 살아서 푸른
영혼만 살아서 짙푸른 하늘에 취한 사막의 방랑자
구름 조각 하나도 보이지 않는 달빛 아래 잠자리
버릇처럼, 아주 작은 이슬만 걸쳐도 된다고 했네
새파란 하늘만 키우는 방랑자였다가 모래언덕 위로
떠도는 바람이었다가

빈 들

　저기 저것 좀 봐! 빈 들판 하얀 눈송이 쓰고 귀 기울이고 있
잖아 써레질 소리, 바람 소리 속으로 파란 생명들이 쭉쭉 키를
늘이는 소리, 해오라기 날갯짓 소리 더운 바람 속으로 벼 알갱
이 몸 추스르는 소리 탈탈탈 경운기, 콤바인 죽죽 볏집 쏟아지
는 소리 쉿쉿쉿 조용히 해 빈, 빈 들이 숨 고르고 한뎃잠 자던
풀벌레 긴 잠 속에서 소복이 눈 덮고 꿈을 꾸네 멀리 냇물 길
따라 마른 갈대들 잔기침 소리, 이별 연습이 필요해 긴긴 겨울
들판

　하얀 눈밭 귀 기울이면 들리지 바람의 행렬들은 행선지를
묻고 봄의 푸른 신호등 잠시 땅속에 누이고 눈밭 위로 몸을 부
비고 있는 빈 들

아홉 시 뉴스

아홉 시 뉴스에는
갈고리에 걸린 소의 살점을 보는 일

장미의 가시에 아카시아
찔레의 가시에 찔린 오월을 건너는 일

수입 소에 밀려난 아버지의 황소
코뚜레 잡은 손과 힘줄 파르르 떨며
물대포에 쓰러진 오월을 건너는 일

큰 눈꺼풀 껌뻑이며 지친 소들이
죽어서도 다시 살아 또각또각
바다를 건너오는 일

붉은 노을의 살점들은
무쇠솥 절벽 안에서 솟구쳐 오르고

아홉 시 뉴스 밖으로는 한 꺼풀씩 한 꺼풀씩

새로운 역사로 익어가며
네 발굽을 버티고 일어서는 일

겨울 이야기

나는 이런 겨울 이야기밖에 모른다네
천둥소리로 달려와 수백 명을 조용히 삼키고
사라지는 지하철
목적지가 모두 같아 짐짝처럼 싣고 가는 고속버스
그런 게 아니라네

리모컨 하나로 정지된 화면에 모여드는
그 눈빛들이 아니라네
손끝 하나로 누른 네온사인 숨 막히게 휘황한
그런 밤이 아니라네

완행버스 안에서 붉은 노을 쪽으로 달리다가
스치는 저녁연기 타는 솔잎 냄새 가끔 생각이나 하시는가

쇠죽 냄새 자욱한 사랑방 알전구 아래
아랫목에 발을 묻는
그런 겨울 저녁이면 좋겠네

솔가루 사르륵사르륵 피워낸 질화로 가에 둘러앉아
불씨 고르며 마주치는 눈

가끔은 바람 소리 사이로 메밀묵 찹쌀떡 장수의
낭랑한 목소리 끼워 돌아가는 그런 겨울 저녁 말이네

흰 눈 소복소복 걸친 탱자나무 울타리 사이로
참새 식구들이 마실 나오는

김 씨

아침 열한 시 대문을 열고 나가다 보았다

우리 동네에서 가장 행복해 보이는 김 씨의 뒷모습과
소주 한 병의 밑자락을
그가 몰고 다니는 트럭은 우리 집 대문 밖에서
일주일씩 잠을 잔다
한 사나흘은 집을 짓고 망가진 거푸집 몇 개와
페인트 묻은 통이 실려 있기도 한

방 안에 들어서면 빈 소주병과 땅콩 껍질과 함께
뒹구는 김 씨, 세상모르게 행복한 얼굴이다
해장술 한 병으로 허기를 채우지만 아내는 10m
접근 금지 명령으로 긴 겨울밤 그를 채울 숨결은
소주 세 병 정도 붙여줘야 한다

그의 목은 순도 낮은 길은 사양하고 최저 25도 소주의
길이 된 지 너무 오래되어서 세상 밖으로 가는 길을 모른다

순도 낮은 길로만 다니는 나는 대낮에는 물 한 잔에 어둠이
되고 한밤엔 포도주 반 잔으로도 블랙홀에 빠져
꿈 안쪽으로 가는 길도 잃어버린다

판토마임

노인 1   터미널 지하 식당
　　　　　냉면발을 끌어 올리는 손이 떨린다 느리게 끌어
　　　　　올린다

젊은이 1   마주 보고 앉아 뜨거운 수제비 붉은 혀를 내밀고
　　　　　빠르게 밀어 넣는다

노인 1   주름진 목에는 옥 목걸이 무겁게 지나온 시간을
　　　　　짓누른다
　　　　　여기저기 검버섯 꽃이 무늬진
　　　　　손가락에는 굵은 옥가락지
　　　　　가는 면발 입으로 밀어 넣으면 흩어진 가족들 얼
　　　　　굴은
　　　　　쓸쓸하게 흘러내리고
　　　　　너무 그리워 커진 귓불에 커다란 진주 귀고리 흔
　　　　　들리고

　　　　　남은 생生 끌어 올릴 것보다 잘라내야 할 게 더

많다
이명耳鳴의 각은 더 커지고 그래도 남은 생生
직각보다 예각을 칠 일이 더 많다

젊은이 1   멀리 둔각으로 TV 화면에 젊은이, 귀에는 이어
           폰 손가락은 키보드를 두드리고 눈은 모니터 안
           쪽으로 향하고
           바탕화면에 애인 사진 깔려 있다
           (더러는 가족 사진을 깔기도 하지만)
           화면에는 가끔 가족 모델이 등장한다 그저 배경
           인 가족들이 위태롭다

           배경음악이 깔린다
           21세기 가족들 그저 배경일 뿐인가?

           차곡차곡 빈 그릇 놓는 선반에 그릇들 채워진다
           지하 식당 빈 가족들 태운 바퀴 달린 그릇차 회전
           문 밖으로 사라진다

기울어지고 있는

제 몸속을 너무 오래 보여주다가 사철 내내 꽁꽁 얼어 발이 시린 설천雪川*이 있습니다 설천이 내게 와 머문 것은 오래전 일입니다 어떤 때는 등산 가방 안에서 출렁이다가 구천동 골짜기에서부터 따라와 철벅입니다 가물거리는 햇빛 몇 조각 물 가장자리에서 얼음을 녹이다가 차록차록 옛날 이야기들을 그 위에 흘려보내며 제 생生을 바꾸며 길들이며 제 기쁨에 겨워 휘어져 가는

커다란 슬픔은 제 몸 아래로 연초록 소沼를 이루고 가슴속 깊은 곳 아픈 몸에는 각시붕어나 키우고 제 깊은 곳 열어 제 물굽이 열어 풀벌레 으깨어진 가슴 색을 자꾸만 풀어놓습니다 설천이 그리워지는 건 사철 연초록 가슴으로 사는 내 가슴과 닮아서가 아니라 낡은 사진 속에만 살고 있는 옛 친구들과의 추억 때문입니다

내 생각들이 봄으로 기울어질 때면 너도밤나무 잎과 함박꽃나무 사이로 시간의 물이랑을 새파랗게 접었다가 나무 냄새도 꽃 냄새도 자꾸 풀어놓는 설천, 그 물길 속에 추억도 함

께 흘려보냅니다

* 전라북도 무주군에 위치.

고추를 말리다가

어린 떡잎 푸른 열매 그리고 붉어진

감추어놓은 노란 씨 소리를 내며

그러다 그러다 끝끝내 부서지는

기다리다 타는 속도 붉어질까

비우다 비우다 저리도 가벼워진 어머니 모습

덩그렇게 씨만 남기고 사라져가는

주름진 얼굴에 휘인 허리

흰머리 휘날리며 흩어지며

흙과 함께 부서지는

나무늘보

세크로피아 나무에 매달려 있어요 기도하고 있어요 까마득
한 잠 잠에서도 별, 별들이 보여요 세크로피아 그대만 바라보
면 그대가 별 그대에게 익숙한 나 다른 아무것도 먹을 수가 없
어요 세상 귀 어두워도 눈은 웃지요 입도 웃지요 내 그리움의
발가락 천공해활天空海闊* 무루지인無累之人** 내 등 속에 이
끼가 살아요 밀림이 살아요 그리움의 안테나로 매달려 별점
을 쳐요 엄지발가락 꼭 조이면 허공 남은 두 발가락 풀면 허공
허공 속의 허공, 영원의 별 별에 닿아요 천천히 그리고 아주
천천히 그리움의 이끼로 살아요 나 반쯤 살아 있는 화석 문천
뢰聞天籟*** 문천뢰로 무양無恙**** 무양 살지요

* 마음이 하늘같이 넓어 사소한 일에는 개의치 않음.
** 어떤 일에도 관련을 가지지 않으며 모든 물욕에서 초월한 사람.
*** 모든 생각을 놓은 편안한 상태에서 자연이 연주하는 만물의 소리를
모두 듣는 것.
**** 병도 없고 탈도 없는 것.

산책 길

속울음이 고인 탓이라 했다
침묵 속에서 가만히 불러본 사람들이면 안다 어머니

잔바람이 잎을 밀고 당길 때마다 하얗게 튼 살, 기다림이라
는 줄로
칭칭 동여매고 있었지요 늙은 자작나무

가슴 쪽으로는 흰 젖이, 배의 튼 살 아래로 도랑물처럼 흘
러내린 흔적
휘인 관절들도 어렵사리 포개고 앉아 있었지요

느릅나무들은 길 양쪽으로 하늘을 덮고 한 떼의 까마귀들이
동무처럼, 이끼 낀 어머니 무릎 곁에 모여들었습니다
흰쌀밥에 미역국을 드신 지 참 오래된
그림자에게도 먹이고 남을 흰 젖이 도는 몸으로

물레에 자아놓은 실처럼 바닥 쪽에 시간을 치렁치렁 늘어

뜨린 채
　콩당거리는 잎들은 어머니 목에 매어 달린 보들보들한 응
석 같았습니다

　개암나무에서 툭 떨어지는 개암도 어머니! 하고 매어 달
리는
　군데군데 긁힌 자욱 위에 내 적막과 기다림의 휘장도
　솔기 없이 꿰매어놓고 돌아서니, 온전한 적멸궁 한 채

　있으나 마나 한 내 입과 귀는 앞서 가는 바람의
　솔기에 덧대어 동행하는 길입니다

2부

그리움

　무의 새하얀 넓적다리에 배추의 눈부신 속살에 끼어 익어
가는 젓갈이고 싶다 소금기 그 몸서리쳐지는 짠맛에 길들여
진 내 팔과 다리쯤은 견딜 수 있어 바다조차 갈 수 없는 몸 이
제 어느 한 군데 절어들 틈조차 없는 나의 전부를 어둠의 땅속
장독에 갇혀 가끔 뚜껑이 열릴 때 우연히 허공에서 몰려오는
눈발, 눈발과 한몸이 된 그리움, 물의 그리움 무거운 돌로 꾹
꾹 눌러 죽여도 매운 눈물 흘리며 말갛게 배어 돌 위까지 스미
는 붉은 울음이고 싶다

어리송이 안테나

늦은 봄비 촉촉이 내린 끝에
안테나가 조금 자랐다
골짜기로 흐르는 물소리 듣겠다
소나무 잎이 물 먹는 소리, 장수풍뎅이 발소리
멀리서 들려오는 꾀꼬리 소리, 송이는
둥근 얼굴 더욱 둥그레지고 이른 새벽 습습한
무릎이 서늘하다
함박꽃나무, 흰 꽃잎 입 벌리는 소리, 송이의
안테나 아래로 주름살이 떨린다
옷은 벗고 모자만 눌러썼다 밤새워 듣던
소나무 떡갈나무, 걷어차는 축축한 이슬 이불
어리송이는 짧은 무릎으로 밀어낸다
키가 반에 반 뼘 더 자랐다
쓰러진 나무 사이 털목이버섯 귀도 함께 밝아졌다
아주 멀리 동네 어귀 스피커에서 센스쟁이 이장댁은
봄날은 간다 경음악을 시그널 뮤직(signal music)으로
날린다

야트막한 돌담 안쪽 빨랫줄 끝에, 바람 속으로 늘어지며
풀어지는 옷고름, 성황당 길을 넘어 소나무 숲길을 넘어

가죽 피리

　대나무들은 따로따로 하늘을 가지고 있다 했네 초여름 아
침, 맑고 찬 기운으로 한 뼘씩 두 뼘씩 자라기 좋은 시간, 햇빛
을 주고받으며 허공을 주고받으며 속이 비어서 속 기운이 더
맑아서 더하거나 빼어내기도 아까운 푸른 하늘, 천공天空에
사다리는 준비했는지 왕대에게 묻네 어디서 왔다가 어디로
가는지 잎이 죽으며 피는 꽃 그 꽃 보려면 너는 이 세상에 없
네 네 몸이 지고 나서야 다시 피는 일 대나무는 속세와 내세의
하늘을 가지고 있어서 월명이 부는 피리 소리엔 누이의 하늘
이, 문무대왕의 만파식적 소리는 감은사지 주춧돌 아래 물속
하늘에 있네 대나무가 열어놓은 하늘은 차고 맑아서 하느님
이 주시는 말씀만 옮겨놓아서, 하늬바람이 울타리 사이에서
대청마루로, 죽침 속에 들었다가 논밭 가는 죽파 자루 끝으로,
고요한 논물 속 하늘을 건져 올리고, 강가에 드리운 낚싯대 줄
에는 물고기들이 가지고 노는 하늘, 대나무 돗자리 위에도 계
시던 하늘 이젠 강물 속에도 하늘은 없고 시인의 하늘만 조금
남았다 했네 월명의 피리 소리도 만파식적도 없는 요즈음 사
물이 쏘는 화살에 기꺼이 몸을 내어주는 시인은 둥근 과녁, 시

인은 텅 빈 가죽 피리, 제피로 씻어서 무현금을 내어주고 들이
쉬는

작은 시누님

신도안 끝자락에서
알맞은 기울기로 구부리고
비질하고 계시더라
오지랖 넓어 올케들 조카들까지
한 앞치마로 그러모으시더니

홍싸리 무더기로 구부려 있는
뒷뜰, 배롱나무 가지 밑까지
빗자루로 자욱자욱 무늬 놓으시고

새들의 깃 치는 소리도 놓치지 않으시고
다복다복 혼잣말로 버무려
세월조차 고루 버무려 향 좋은
모과로 익어가시더라 산도라지 꽃
보랏빛 나발 속으로 그리운 얼굴도 여물어가고

저물녘 노을빛은 염주로 굴리시고

냇내 속에 울음도 다스려 슬픔도 그쯤
가시나무에 널어 말리시고

용문폭포

긴 장마로 회화나무 살갗이 탱탱하다
새들이 밀어내는 물방울로
얼굴을 씻는 나뭇잎들
바위 가장자리에 앉은 아주머니
둥글게 오이를 썬다
막걸리 술 단지 안으로 빙글
숲이 돌아간다
술잔 가득 폭포 소리가 넘친다
오이와 묵무침 사이로 계곡을 빠져나온
바람들도 섞여 돈다
커다란 갈참나무 아래 엉켜드는 칡넝쿨
돌계단 아래로 늘어진 붉나무
잎들이 등줄기를 떠민다
서둘러 떠나는 햇살은
빈 배낭을 들추고
갈증이 풀린 골바람
쏴아! 무릎까지 차오른다

그림자의 가을

나무들 모두 잎을 내려놓아야 할 때 나무들은 그림자를 위해 살아내진 않았을 터 햇빛의 삼매경에 몸을 맡긴 디오게네스, 그림자와 햇빛의 존재에만 매달려 있지는 않았을 터 바람의 몸을 미세하게 살피던 내가 강변마을에 비와 바람을 피해 세 들어 있는 29층 건물의 모서리가 폭풍의 집이었다는 걸 기억한다 그곳이 바람들의 울음이 모여드는 집이었다 여름밤에 그 벽에 부딪치며 살았다는 걸, 그림자의 몸이거나 바람의 몸에도 디오게네스의 철학이 깃들어 산다 자작나무의 노란 잎들이 쌓인다 제 그림자 위에 쌓인다 몸 밖으로는 흰빛들의 집을 층층으로 쌓아 올린다

낙엽 위에 바람과 비와 그림자의 몸들이 쌓여간다 햇빛이 쌓인 내 몸 위로 그림자가 쌓인다 나를 읽고 간 그림자들을 털어내려고 안개들이 구름들이 깨어진 나의 모퉁이를 채운다 바람의 몸을 받아들인 아픈 모퉁이들, 남은 가을의 회색빛 얇은 햇빛들이 깨어진 모퉁이를 채운다

오죽烏竹

선혈이 배어 굳은 자리는 아닌 듯 먹빛으로 흙빛으로
쭉쭉 하늘 쪽으로 오르며 굳은 자리마다 꽃은 피워보았는지
누가 그 꽃 만져보았는지, 어둠으로 단단해진 텅 빈 그 속
캄캄한 허공으로 퍼지는 무현금 그 소리만도 아닌

저 높은 밧줄 위 아슬아슬하게 발을 옮기는 어릿광대의 꿈도
내 색동옷 어린 꿈마저 댓잎에 부딪히고 베이는 소리
대밭 건너 육백 년 묵었다는 배롱나무, 오랫동안 마주 보며
오죽과 몸 섞기라도 했는지 꽃연지 꽃자리 모두 버리고
한 쌍의 학이 되어 춤을 추네

보름밤 경포 바닷가를 걷다가 들려오는 소리, 마디마디 단
단해진
오죽의 맨살과 팽팽한 명주실이 만나고 뿌리치며
떨리는 해금 소리, 그 소리 속으로 아리아리 떨어져 고인
펄펄 끓는 젊은 살의 그리움

남은 메아리는 자진모리장단으로 바람 소리로, 깡깡이*의
울음소리로 남고, 세상 허방에 욕심 근심 다 내어버리고
울림통이 되어버린

* 해금.

강나루에 매어놓은 느티나무

배가 닿아 멈추었다는 한양 두뭇개 나루터*
그날의 소나무가 느티로 앉아 있다

동짓달 스무아흐레
추사의 누렇게 바랜 세한도 한 폭 펼쳐 든다
어쩌면 이 나루터 추사의 발길 멈추지 않았는지
초의 선사도 다산도

펄펄 눈발 날리고 땅 위로 어릿어릿 비치는 칼끝 서릿발
얼어 엎드린 맥문동 퍼런 잎줄기 위로 낙엽이 고였다
샛바람 분다 삭풍이 인다

얼핏 헛기침 소리 들리고 젖은 솔잎 타는 연기 이내와 함께
도포 자락에 묻어 날리는 세한이다
백오십 년 전에 띄운 이상적의 편지라도 받아 들 듯
강바람이 인다

아주 오래전에도 이쯤에 좌판 놓고 술국을 끓였을까
멀리 배 한 척 이쪽으로 기울어지며 떠나고
느티나무 아래 이끼 낀 검은 의자
어둠의 물길 속에 아직도 유배 중이라고

소나무 가지 사이로 세한삼우歲寒三友 그려 넣은 편지 한 장
말아서
서귀포로 떠나는지 바람이 인다

* 지금의 서울 옥수동.

분황사의 가을

분황사 터 북쪽 모퉁이 귀뚜리 바람을 켜고 있다
바람을 짜고 있다 매듭에 올라가
북실을 꼬아 넣고 매만지며
엉킨 매듭 노래로 달래며
물레를 돌리는지 노래가 되는지
입으로는 쓰르륵쓰르륵 쓰다듬는 입질로
매끄럽고 긴 더듬이 떨리는 눈
세상 사람들이 다 짜고 버린
기름때 절은 엉킨 도토마리
언 손 부비며 쩍쩍 갈라진 손등으로
쓰린 기억 달래며 헛꿈이었다고 달래며
씨실은 침 묻혀 가로로 넣고 상처는 바람 묻혀
세로로 넣으며, 구름을 타고 넘은 허공에 줄을 늘여
가을 달을 당긴다
오현금을 울리며 달을 낚는다
오소소 냉기가 진동하는 구름밭에 귀뚜리
천연스레 달을 안주 삼아 취하였다

입덧이 오래간다

만월을 향해서 간다

초닷새가 넘으니 헛구역질이 도진다

초승달 눈썹 닮은 딸아이 아닐까?

숨소리 우렁찬 걸 보면 아들이 들어선 게다

한사리 지날 즈음 식욕이 내려서고

밤이슬에 놀랜 달맞이꽃이 핀다

숨이 턱에까지 차오른다

쌍둥이자리 쪽에서 지―익

달거리가 꿈을 꾸고

그믐에는 아이 하나씩 태어났다

캄캄한 어둠 달마다 도지는 입덧이다

올갱이 해장국

아욱국 속에 자글자글 끓어오르는
청보랏빛 다슬기

해장술이 생각나는 바닷가의
아침이어도 좋겠다

몽실몽실 바다의 꿈을
끓어오르는 국물 위에 피워 올린다

가을비가 추적추적 어깨를
두드리는 날에도

찰박찰박 고향 냇가에서 가재와
다슬기 잡고 놀던 얼굴이 생각날 때도

길 가다 간판에 쓰인 '올갱이 해장국'
글자를 읽을 때마다

나도 모르게 보글보글 끓는 추억의
문을 열고 무작정 앉아보는 것이다

만나자는 약속 해본 적 없지만
그리움 뒤쪽에서 그리움 쪽으로

추억이 고픈 발길들이 이 문 앞에 서면
저절로 저절로 멈춰 서는 것이다

다리

섶다리를 떠올리면 냇물 건너 외딴집 어머니가 생각난다
요즘은 섶다리 아주 귀해서 인터넷 속에서 가끔 볼 수 있다 어
렸을 땐 다리 밑에서 주워 왔다고 놀림을 받았다 어머니가 건
네주시는 탯줄을 타고 건너왔는데 말이다 비가 오면 섶다리
위로 흙탕물이 번진다 들쭉날쭉 젖은 솔가지 아래로 흙탕물
이 흐른다 가을에 놓고 다음 해 여름에 떠내려가는, 있는 것도
아니고 없는 것도 아닌 다리, 내 다리를 버티는 난간도 가끔씩
보수공사를 한다 어머니의 아픈 다리 수습책이 없다 꽃술과
꽃술에 다리를 놓고 있는 벌의 다리 아래로 금빛 해의 다리가
놓였다 다리를 폈다 접었다를 반복하는 비의 다리, 천 년을 보
수공사 한 번 하지 않은 진천 농다리, 그 다리에서 멀지 않은
곳 이앙기 밖으로 깡충깡충 어린 모들이 다리를 세운다, 종아
리 꼿꼿이 물 위에 세운다

새들은 공중에 아무도 다치지 않게 착한 다리를 놓는다 나
는 인터넷 다리에서 풍덩 자주 빠진다 무수히 많은 그대를 인
터넷에서 접속하지만 이런 스타일의 다리 아래는 물기가 없
다 키를 잘못 누르면 섶다리의 실루엣이 보이다가 암흑 세상

이 오기도 한다 어렸을 때 섶다리 위에서 흔들리는 해의 다리
들이 천역덕스럽게 물속을 헤엄치는 걸 지켜본 적이 있다 꽃
이 진 자리에서도 어김없이 물기를 툭툭 털고 건너오는 열매
들의 다리 보송보송하다

모나크 나비

　기억해봐 아이야 나를 잡아보렴 본향의 기억을 찾아 나비 날개를 편다 팽팽해진다 바람의 난간에 발을 꼭 붙이렴 허공을 조금씩 접었다 폈다 조절하고 있는 거니? 어머니! 하고 가만히 불러봐 허공이 무거워 몇 잠 잔다 더 가벼워진 날개 모나크 나비 날아오른다 향기의 끈을 찾아 수백만 마리의 모나크 나비 캐나다 몬트리올과 미국을 거쳐 3,000마일을 날아 멕시코 미초아칸국립공원 나무에 앉았다 어머니의 냄새와 자장가 소리에 나비 떼들 잠을 잔다 꿀샘 깊이 꽂아놓은 입처럼 온몸을 나무 안쪽으로 빨대를 밀어 넣듯 입을 도르르 말아 꿀샘에 꽂아놓고 몸이 먼저 말을 해서 나른하다 나도 어젯밤 꿈 내내 모나크 나비로 로사리오 미초아칸 정상에 있었으며 어머니의 냄새 속에서 혼곤하게 잠들어 나비잠을 잤다 가뜬해진 몸 나비 가루처럼 보드라운 살결 위에 나도 모르게 나비 무늬 시폰 소매 원피스를 걸친 아침 탈바꿈한 한 마리 나비 태양은 익숙한 손놀림으로 곧추세운 내 몸의 날개를 요리조리 말리며 태양의 뾰족한 흡반을 들이대며 한낮의 일광욕으로 날개를 말려주며 접은 날개를 펴고 소리 없이 날아오르며 날아오르며

공원묘지

함자도 얼굴도 가물가물한 증조부모 꽃가마도 아닌 꽃상여
도 아닌 천묘 행렬, 꽃부채를 든 자귀나무 아래 쉬어갈 만하다
고 소서小暑 즈음 초록은 저리 깊어 헤엄치며 흘러가는데 자
귀나무는 공원묘지 층층으로 세 들어앉은 영혼들의 옷을 꽃
바늘에 꿰어 연분홍 수의를 짜고 있네요 한낮엔 나무 위에 나
비로 앉아 미풍으로 십자수 뜨고, 달밤엔 둥근 무덤 속까지 들
여다보는 일 어느 무덤 앞엔(시편 30 : 주께서 나의 슬픔을 변하
여 춤이 되게 하시며 나의 베옷을 벗기고 기쁨으로 띠 띠우셨나이
다) 어느 무덤 앞엔 금강사 숫돌에 갈아놓은 금강심金剛心을
놓으시고 공원묘지 자정의 향연이 멈출 즈음 깜박깜박 주검
의 무도회가 끝나가는 어스름, 산 자들은 하나둘 다시 눈뜨는
시간 들은 다시 깨어 무지개에서 왔건 산은 다시 깨어 물거품
에서 왔건 다투고 있는데 죽은 자의 번호판 OO호에 천묘 전
갈을 받고 묘비명을 고르고 수금竪琴을 울리고 여기는 창벽
건너 햇볕으로 장막을 치는 자귀나무 아래

장마

만나고 싶어서가 아니면
저리 길길이 뛰겠는가
마른땅의 발바닥까지 직선으로 사선으로
길길이 뛰다 못해 새파란 칼날 들이댄다
하느님은 번갯불 입안에 올강거리다 내어 뱉었는지
우글부글 들쑤셔 놓으시니,
사람들 오금팽이도 펴지 못하고 오들오들 떨며
동에 번쩍 서에 번쩍 우르르 우레로 몰고 오는데
능소화 얇아터진 입술, 웃고 있는 접시꽃 죄다 울리고 덮치고
오뉴월 염천쯤에 도져서 진흙 바닥을 훑어내고
흔들리는 영혼 몇 떠메고 가려고 우굿부굿 치근대는
몹쓸 푸닥거리

올감자 허연 볼때기, 백돼지 불그레한 볼기짝
아주까리 잎사귀 우박 맞아 긁힌 자국
작년에 씻겨 간 영혼들 오구굿으로 다시 불러
오지게 만나고 가나 보다

꿀벌치기

앞 못 보는 박 노인 열어놓은 귀가 듣고 말하느니 보는 일은 하늘이 가두었으니 듣고 말할 뿐 뒤 울 활엽수림 곁으로 몸을 기댄 채 법열의 황홀로 뜨믄뜨믄 벌들을 불러 모은다 접신이 되었는지 그물망 벌리고 손으로 불러온 벌 떼들 분봉分蜂시킨다 했다 꿀벌의 집 한 채 만들었다 식구들이 많다 안 보이는 게 무에 그리 대수냐며 혼자 세 아이는 물론이고 빗소리 속에 우는 뻐꾸기도 달래는 재주가 있다 하여 앞산 뒷산 나무를 해 오는데 내 몸을 예열시킬 재주는 없어서 연중 한 달을 제하면 굴뚝에 연기를 올려야 몸의 냉기를 다스릴 수 있다 했다

귀의 열반으로 춘천 평걸리 박 노인 첫가을 벼꽃 피는 소리도 듣는다 했다 그윽한 노인의 사랑은 옆 마을에 사는 형도 어쩌지 못해 셋째 아이 낳고 세상 뜬 아내의 무덤 속에도 밀랍을 채우고 꿀벌 치겠다 꿀벌의 집 한 채 박 노인 참 아늑하겠다

예금 경영

꽃무릇 심어놓고 해바라기도 심어놓고
반딧불이도 불러 모으면 자연 학습장이 됩니다
장사가 됩니다
연인들과 엄마 아빠 아이들이 모여서 사진을 찍습니다
노인들이 공원에 해바라기로 앉아 있습니다
해바라기를 좋아하는 방울새도, 먹지 않는 해바라기입니다
공원에 앉아 있는 해바라기 앞에서는 어린이도, 연인들도
사진 금지 구역처럼 피해 갑니다
3급 판정만 받아도 노인복지시설에 갈 수 있는 희망이 있습
니다
노인복지사 직업이 호황을 이룹니다
구매자들의 입맛에도, 경영합리화에도 맞아떨어지는
전략인지 모릅니다
늙어서 보너스로 받으려고 아들 손자, 꽃잔디처럼
불려놓았지만 새 집 장만하면서 아들딸 정원에
실려 갔습니다 새마을금고 통장엔 잔고 0원. 빈손으로는
양로원에도 가지 못해서 햇빛 공원, 무료 벤치, 양로원으로

모여듭니다
　특별 보너스로 받은 베트남, 필리핀, 카자흐스탄 며느리들도
　경영전략을 바꿀까 봐 걱정되는 요즘입니다
　원금 보장 된다는 노란 제복의 은행원 아가씨의 말대로
　해바라기 실버특판 창구를 두드려봅니다

정원사 요셉

정원사 : 어떤 얼굴을 원하세요?

장미 정원 주인 : 목련 볼과 장미 입술

정원사 : 머리 모양은 어떻게 할까요?

주인 : 수양벚꽃 길로 해주세요

정원사는 골목길로 들어서는 사람에게 인사한다

1570호에 사시지요(수선화 꽃 모양으로 입을 동그랗게 하고 웃는 걸 보면)

1470호. 당신은 목련 정원에서 이사하셨나 봐요

1471호 앞에서 멈춘 우체부 아저씨는 이름만 보아도 장미 울타리 사이에

숨은 우편함을 찾아 편지를 넣고, 수양벚꽃 길로 곧장 간다

정원과 주인은 닮은꼴이다 풍경이 주인을 먹이고 입힌 탓이다

장미 정원 집 주인 목련 볼을 숙이고 만발한 목련나무 그늘 쪽으로

사라져갔다

정원사는 혼잣말을 한다 불황의 열매들은 전정가위로 싹둑
싹둑

잘라내겠어 몰려오는 구름은 매일매일 태평양 쪽으로 가버
리잖아

(샌프란시스코. 구름이 많은 지역에는 빈민촌이 있다) 잠시 휴식
을 취하는

정원사의 손에 오렌지 한 알, 손가위로 꾹꾹 눌러본다 분수
처럼 품어내는 향이 코끝을 스쳐 간다 잘라낸 나무와 풀의 상
처도 아프지 않게 잘 아물어들게 하는 정원사 요셉은 천사의
집, 1004호에 산다

요령 소리

상여가 간다
상여가 간다
길가에 찢긴 민들레 꽃들이 운다 애비 없는 병신자식
경중경중 만장처럼 따르고 요령 메기는 상여 따라
하얀 신발들
서른 넘어 마흔 넘어 장가 못 간 아들 셋 두루마기
자락에 얼굴을 묻고
바람 따라간 풀씨들도 도랑가에 촘촘히 일가를
이루는데 짚신 짝 하나 잡지 못하고 상여가 간다

째지게 매어 달린 박태기 꽃숭어리 황토 바람에
흔적도 없고 삐질삐질 끌려 나온 잎사귀들
죽을 둥 살 둥 매어 달려 보지만
모판에 뜬 모 하얗게 덮은 산앵꽃* 꽃잎들
물 위에 그렁그렁 맴돌고 봇도랑에 방금
무덤 파고 디민 삽날 자국, 꽂힌 물굽이 위로
노랑할미새도 요령 소리 쪽으로 길을 묻는다

미나리아재비 목이 잘린 잎 하나
물길 따라서 제 무덤 하나 흔들고 간다

* 산벚꽃.

홍역

가을에는
서릿발이 약이다

밤새워 내릴 때마다
가을 산은
꽃이 핀다

찬바람 불면
기침으로 잠시 도지다가

무서리 내리면
가을 산들은
열꽃으로
다시 피어서 곱다

사진 찍기

하루 종일 단풍잎이던 날
몸을 내던져 단풍이던 날
그런 날
속리산 오리숲 입구
가을 쪽으로 걷다가 뛰어가다가
그 속에 뒹굴어 버리던 날
웃음들도 옷자락도 그 색깔로 물들어
나 덩달아 바알갛게 달아올라
그 잎 위에 오줌 싸고 싶던 날
길게 누워 질척이며 잠들고 싶던 날
내가 여름내 만진 슬픔들도 익어서
빨개졌는지 노래졌는지
물드는 것 모두 비릿하게 씹혀
입안에서 맴돌던 날

그래도
달큰하게 씹히는 사랑 한 잎은
꿀꺽 필름 속으로 현상되던 날

3부

처음이라는 플러그

처음이라는 말은 몇만 볼트의 출력으로
달궈진 빛이다
밤바다에 집어등으로 아주 멀리 빛나서
가까이 가면 멀어지고 멀리 서면 다시 빛나는
꺼지지 않는 처음이란 물고기를
놓치지 마라
세상의 바다에 등대로 걸어 다니는
처음이라는 불씨의 플러그
세상의 녹슨 그물 안에서 터진 부레 움켜쥐는
망둥이거나 꼴뚜기일 때도
오십 년을 백 년을 그물망 장애물 경기 속에서
술래잡이로 사는 생生
처음이란 플러그는 날렵한 자맥질이거나
경쾌한 스파크
두 손 마주 비비며 비상하는 은빛 접은 물새들도
바다를 그냥 놓아주지는 않는다

어느 오후

녹차 한 잔 덧마시며
한낮을 부려놓은 창밖을 본다

암탉들 모래찜질해가며
날개를 날리고

홰를 치던 장닭 텃밭으로 뛰어들어
언 땅을 쪼아댄다

부리께로 스치는 새순 한 잎
봄바람에 살며시 키를 낮추면

닭들이 횃대에 오르는 저녁이 온다

따스함 남은 빈 찻잔 속으로
그리움의 잎새는 돋아나고

나는 다시 젖은 날개를 펴고
잎새를 키우는 꿈을 꾼다

봄

젖멍울이 서나 보다
햇볕들도 낮게 내려와 유두를 간질인다
덧이 나지 않도록 바람들은
사이사이로 문지르며 지나간다

어느 쪽에서부터였을까

비구름들이 몰려와
내일모레쯤 빗줄기들 사이로
영산홍 몽우리가 부풀어 오를 거야
지금 막 내 속옷 안에서도
젖이 도는 모양이야
겨드랑이 아래로 흐르고 있어
젖엄마가 그리운 날들의
긴 꿈속에 들면
이 봄날 몰래 젖비린내가 살짝 난다
빗물에 부푼 영산홍 가슴들이

수유를 시작할 거야
자궁의 길을 따라 푸른
정맥의 길에 오르는 소리가 분주하다
정원 가득 수유 준비 중

파도리*

파도리 하고 부르면 바람 소리가 먼저 들립니다 바람은 파
도를 사르는 불꽃이 되어 창문을 두드립니다 해송들은 모두
육지 쪽으로 기울어져 있습니다 바다 쪽에서 울음소리가 들
려왔습니다 아우슈비츠수용소를 걸으며 듣던 침묵 속의 아우
성, 파도리 소나무 사이로 와서 덫에 걸린 짐승들의 울음소리
로 옵니다

어둠이 내리는 저녁 무렵 바닷가를 걷다가 형형색색의 옥
돌들 나의 전생의 형제들인 듯 주워모아 한아름 안고 일어설
때 서치라이트 불빛 사이로 외치는 소리 들립니다 '바다 쪽에
남아 계신 분들 위험합니다 이곳은 위험 지역입니다' 마치 가
스실의 비명 소리처럼 들립니다 파도리에만 사는 어둠 속 바
람들이 누군가를 부릅니다

썰물에서 만났던 옥돌들 쉰들러리스트에 오르지 못한 검은
이름, 하얀 이름, 파아란 이름들이 여기 멀리 파도리에 와서
동글동글한 천사의 몸이 되었습니다 파도리의 바람과 밤 물

결 소리가 부르는 이름들입니다

무덤들

―장마

어린 자식 살려놓고 나란히 흘러간 젊은 부부
황토물도 슬피 우는 흙무덤

아이 낳다 요절한 새 동네 새댁 아직
젖이 마르지 않은 젖무덤

학소대 지나 화양계곡으로 혼절한 채
떠내려가는 와룡암 위 물무덤

천둥 멀리 떠나지 못한 숲 속 그늘
흠뻑 젖은 이끼 그 위에 동글동글
가슴 내민 이슬들의 작은 무덤

낮게 몸 기울여 카메라에 그 이슬방울
담고 있는 젊은 후배의 얇은 속옷, 속옷 사이

통로

　명절 끝 길은 4,700만 명의 대이동 후에도 조용하다

　몰래 쌓인 눈으로 정체 비용까지 물어준 적도 있다 길이 생긴 이후 꽃과 별과 은하수도 그 목구멍을 통과했다 쌀밥과 시래기와 장다리꽃까지 넘긴, 서릿발 새털구름 소낙비 장마까지 쉬지 않고 넘기는 내 목구멍도 그저 통로일 뿐이다 지구의 몸 또한 행성들의 길에 있고 커다란 운석이 아슬아슬하게 비켜 가기는 했지만 지구가 살기 위해 태백엔 폭설이, 멕시코 만에는 허리케인, 남극엔 눈이 녹아내린다 새의 연대기에 기록들이 지워지고 아파트 층수가 오르는 만큼 해수면도 오른다 우주 흔들리는 네가 궁금하다 며칠 전에는 봄의 목구멍 쪽에 있는 입춘이 지나가고 태양의 줄 없는 자로도 거실 안쪽까지 햇빛의 길이 길다 농약으로 과식한 흙이 살고 중금속에 체한 물고기를 살려야 한다 우주를 돌리는 이여 지구도 행성도 살아남을 우주 미아보호소 설치를 부탁한다

고로쇠나무

왼쪽 겨드랑이 아래로 불이 번쩍 비쳤다
천둥소리 바람 소리로 알이 슬던 자리마저 삭아 내린다

뼈까지 울게 하지 마십시오
슬픔은 곧바로 뼈에 관통한다고
연골 주사를 놓아주며 의사가 말했다

주둥이 가득 물어다 어린 새들에게만 주어
뼛속까지 텅텅 비었다고
내가 뼈와 살에 밥을 주어도 허공이 먹는 빈 몸이 된다

허공에게 모든 걸 주는 새의 몸

새들은 얼마나 깊은 곳에 울음 담아
저리 가볍게 날아갈 수 있는지

겨울바람 마시고도 이 봄 가지마다 꽃을 꽃았다

산딸나무도 조팝나무도 명자나무가 먼저였겠지만
나도 고로쇠 맑은 수액 받을 때가 되었나 보다
쇠바늘을 빼겠습니다
아카시아 꽃 사이 바늘 아니 가시
숨어 있습니다만 하얗게 웃으십시오 꽃 피우십시오
이제 어깨에 새잎이 오를 겁니다

목련

—戀書

1

천만 장도 넘겠다
무슨 사연인지 어디로 부치는지
혹자或者는 바다 밑이라 하고
땅 밑이라 하고
태양이 비칠 때라고도 하지만
아무래도 은은하게 떠오르는
달밤이겠다
그 시간만큼은
비밀에 붙이기로 했지 싶다

2

목련은 카사노바다
태어나서부터 써왔다면
연애 선수가 맞다
저 빛깔이라니
달밤에 보라

저 편지를 접었다가 펴는 솜씨
누가 감히 흉내라도 내겠는가
저 읽어 내려가는 입모습이라니
입꼬리와 뒤태를 보라

봉밀蜂蜜

꿀벌들 꽃가루와 공기를 날과 씨로 물고 북 한 번 밀어 넣
어 육각 안에 완벽한 꿀집 하나 짓겠다 허공 하나 깁겠다 단맛
을 빚어서 집을 짓는 꿀벌들 무슨 무슨 열매를 만드느라 한 줄
금 금빛을 그으며 간다 열매들도 그 열매가 되기까지 제 몸을
꿰매는 일 밀봉하는 일

꿀벌들 봉蜂 자가 벌 봉 자라지만 밀蜜 자가 꿀 밀 자라지만
꿀 같은 신혼여행을 밀월여행蜜月旅行이라 하지만 사랑하는
사람들도 움직이는 꽃이다 꿀벌은 꽃 5,600송이와 입술이 닿
아서 한 방울의 꿀이 만들어지고 사람도 눈빛이 서로 묻어야
사랑이 됩니다 사람이 꽃이 되고 꿀이 되려면 그대 눈빛
0.0056초의 순간들이 만나 56,000번쯤의 손길이 닿아야 온전
한 꿀집이 되고 화촉동방*이 되고 달콤한 밀월蜜月이 되고

* 첫날밤에 신랑 신부가 자는 방.

백련사

달빛 한 짐 어깨에 메고 갔다
백련사 앞마당에서부터 따라온 동백
보길도 섬 끝 언덕 숲으로 들다가
자꾸만 육지로 따라나선다
앞가슴을 내밀며 꽃술을 내보이며

천일각 앞에 흩어진 진달래
어린 봉오리들이 눈에 밟힌다
그날 늦게 대문 안에 들어서자
동백나무 우뚝 내 앞에 선다

내가 모르던 동백섬 꿈만 꾸다가
동백꽃 한 짐 지고 와 앞마당에 부려놓고
휘영청 밝은 보름달까지 모셨으니
오늘 저녁 동백 시詩 한 짐 더 부리는 소리 듣겠다

겨울나기

겨울나무는 피 한 방울 흘리지 못한다
그래도 나무는 꿈을 꾸고 있다 TV에서 방금 암세포를
1회로 박멸하는 주사가 있다는 뉴스 속보가 내비친다

봄으로 열린 문이 창백하다

창문 안쪽으로 성에는 기하학무늬 위에 날카롭게 빛나는
흰빛 털을 날린다 미세한 칼날이 얼음 속에 박혀 있다
햇빛 속으로 세포의 길이 열린다
바람에 떠도는 죽은 잎들은 나무뿌리 쪽으로 질주한다
나무의 뼈 주위로 새파랗게 물관과 체관을 이식한다

죽은 세포는 햇빛을 필요로 하지 않는다

1회의 수혈과 레이저 센서의 작동으로 체세포와 실핏줄이
돈다
피 한 방울 흘리지 않고 수술실 밖으로 미세한 봄의 울림이

시작된다
　1회의 예방접종 백신 없이도 복제되지 않은 고유 번호를 가
지고

　갓난 새봄이 문밖으로 태어난다

　고물고물 버들강아지 얼음 막을 깨고 강가로 모여든다
　겨울 정충을 받아들인 알몸들 백신 없이도 버드나무 가지
에 간들거린다
　나뭇가지 끝으로 봄의 촉수를 올린다

　무의식의 봄은 결코 아니다

　메스가 닿지 않은 겨울나무는 순환선이다
　슬쩍 올라타야 한다 발을 들이민다

신선식당

입구부터 숲길이다
신선이나 출입하나 싶어
늘 곁에 두고도 들어와 본 적 없다

솔솔 풀어내는 풀 향기 속으로 잠입해갔다
단아端雅라는 말이 썩 어울리는 여인들이
이조를 훨씬 앞지른 고려자기쯤 되는 대접시 들고
발걸음 놓을 때마다 박하 향이 묻어난다
우슬잎, 구절초, 당귀…… 산초들과 그 위에
산약재 소스를 끼얹어 숲의 향까지 곁들인다
익모초 정식이라 했다 '대꽃 향기' 이름도 그윽한
술 두어 순배 돌리고 나니 일행들은 오히려 정적

음식을 먹은 게 아니고 익모益母로 왔으므로
어머니 손길로 몸이 순해졌으므로

식당 안은 고요한데 딱따구리가 나무를 쪼는 소리,

이끼 냄새는 바람이 먹고, 허공은 바람 소리를 먹으며
먹히며 숲이 되어 우거진다
오늘은 먹으러 온 것이 아니라 깊은 숲 속 귀만 열었다

살림

능선 위에 초승달은 가르마가 곱다
해풍에 등 돌리고 몸을 씻는 동백

앞섶 위에 한 땀 한 땀 원앙을 수놓는다
비녀 끝으로 노오란 축 빼어 들고

불 켜지 않아도 환한 방
미닫이 밀쳐놓고
그냥 한 살림 하고 가란다

세현못 안쪽으로 무명 버선
화들짝 던져 넣고
보길도 그 섬에 발목이 묶였다

뭉텅 쏟아놓은 동백 꽃잎 그 몸
꿈길을 따라서
동이로 찰랑찰랑 물을 길어 나를 때

치맛자락 들추며 따라온 햇살들
날물내를 휘어 감고 뒤척인다

입추立秋

무릎 꿇어 기도해도 들리지 않는 음성이다
들숨과 날숨의 교차가 지워지는 것이다
왜 이렇게 조용하고 캄캄한가

찌는 더위 속에서 뚝 끊겼다 다시 들리는 매미의 독경
목쉰 울음 후에 다시 끈끈하게 고이는 침묵

제 칠 일째 누군가 그의 이름을 부른다
이별은 침묵 속에 기대고 서서 죽음을 묵상한다
달무리는 달 쪽으로 검은 리본을 한 번 더 조이면서
삶이 묶어놓은 줄을 풀고 죽음이 건네주는 줄을 받으려
한다

잠의 초점 끝에서 마지막 생의 점을 찍는다
모닥불을 지핀다 슬픔의 상처를 꼭꼭 묶는 어둠이 퍼진다

자정을 훨씬 넘어 지독한 침묵이 따끔거린다

벌집 하나 건드렸는지 회백색의 매미 툭 지상으로 떨어진다
삶이 다 갉아먹은 하얀 집을 내려놓는다
바람도 없이 북쪽으로 난 문이 열리고
들어서는 입추立秋의 발등이 거뭇거뭇하다

꽃 이야기

나는 장미와 밤꽃이 피면서 하는 말
알아들은 적 있다
사월과 오월 사이 오월과 유월 사이 그들의
향기가 바람에 실려 짜귀나무*에 닿으면
짜귀나무 머리 위로 족두리 모양의 꽃을 단다
분홍 수술 안쪽으로 장미와 밤꽃이 합방에 드는지
담장 위에 능소화는 나팔을 불고
백합꽃들은 향기 짙은 등불을 켠다

시냇가에 달맞이꽃은 둥근 달을 밤하늘에 띄우고
장지문 안쪽으로 초복이 기웃거리면
합환주를 기울이며 우리가 모르는 시간을 골라
꽹과리를 두드리고 장구를 치고 징을 울린다

땅속줄기 아래로는 고순 맛을 길들이는 땅콩
칡넝쿨 아래로는 하늘밥도둑** 집을 짓고,
땅 위로는 향기로운 냄새를 그리는 사람이 산다

초롱불 아래 대쪽 같은 마음속에는 죽순을 키우며
먹을 갈아 난 잎을 쭈욱죽 올려 치다가
가슴 아래로 왈칵 쏟아내는 분노, 폭포로 내려 치고
지나간 추억은 새카맣게 토해내는 사람들이 산다

슬픔은 꾹꾹 낙관으로 누르고
나머지 여백에게는 꽃이거나 나무이게 하는

* 자귀나무. 합환목(合歡木)이라고도 부름.
** 땅강아지.

조간신문

찰그락찰그락 규칙적인
기계의 회전으로 선명해지는 얼굴

거실 안쪽을 기웃거리며
당신의 눈 뜬 하루가 되세요
제가 왔어요

잠든 당신의 눈과 귀를 열기 위해
나를 안고 달리는 소년은
당신을 만날 때마다
어깨가 조금씩 가벼워지고

가장 짧은 시간으로 세계 여행을
하고 싶어 하는 당신을 만난다

그렇지만 저는 쉽게 등을 기대거나
눈물 흘리지 않을래요

내일이면 당신 등 돌리고
나는 하루살이 날벌레로
길모퉁이에 흩어지는걸요

손

땅만 보고 걷다가 동자초교 건널목 전봇대 아래
부지런한 손을 만났다 봄 햇살에 까맣게 탄 손, 터지고 갈
라진 손
쑥, 냉이가 오히려 할머니 손을 다듬는 손, 그 손은 저속이다

젊은 아낙은 다듬어놓기가 무섭게 1,000원어치, 2,000원
어치
눈빛 한 방에 안다 학원비, 책값, 운동화 그녀의 실눈과
뭉툭한 손저울은 고속

창자까지 시려오는 찬물에 쑥과 냉이를 씻다가
손 밑으로 삐져나간 손톱만 한 쑥잎도 건져 올리며
조막손으로 세상에 나왔으니 목숨 값 하고 싶을 듯, 건져
올린다
눈자라기* 아이처럼 봄눈 뜬 새싹과 꽃잎들, 꽃샘바람 속
에서
쫓겨 가는 마른 겨울의 손들이 보인다

온실에서 방금 꺼내 와 아파트 입구에 놓인 영산홍
잎들은 아래쪽, 꽃의 손들은 다닥다닥 위쪽을 향하여
천수관음의 손들처럼 나를 불러 세운다

세 겹 네 겹 갈라지는 내 삶에도 빛의 손들이 와서 은하수
로 눕고
명왕성까지 가지 않아도 그 다음의 행성에 가지 않아도
찔레꽃 같은 내 손톱 아래로 조곤조곤 달이 뜨고 지는 것은
어느 행성에선가 내가 꼬리별이었다가 천왕의 손이었다가

* 아직 곧추앉지 못하는 어린아이.

그림자와 새

죽음 직전의 새 한 마리 빗방울과 석간수 몇 모금으로 겨드
랑이 깃털 몇 개 씻어준 게 다였다는데 그 짐승 스님의 기도
도량道場 쫓아다니며 빗속에도 무릎 꿇어앉아 결초보은하듯
앉아 있답니다 모름지기 머리 검은 짐승 거두는 게 아니라지
만 스님의 불성佛性을 얻은 타조

일식이건 월식이건 그림자들은 천겁의 시간을 두고 그림자
끼리 서로 씻어주는 모습 몇천 도의 해와 낮밤으로 변하는 달,
그림자로 씻어주는 일 사람은 못 하는 일 사람은 그저 아내의
발을 남편의 발을 씻어주고 말려주고 함께 젖어드는 일 바람
은 온 산을 씻어주고 나무를 씻어주고 억만년이 지나도 사람
은 못 하는 일

솜털이 깃털 될 때까지 새끼를 품는 새들도 사랑을 가르치
는 일 그림자로 씻어주는 해와 달, 비바람 속에서 부벼주고 말
려주는 부채독수리, 속사포 같은 발톱도 제 새끼 젖은 빗방울
털어주는 송곳 같은 부리도 봄 잎처럼 부드럽고 타조를 씻어

준 스님의 마음씨는 생불이나 하는 일 해와 달 그림자들이 하
는 일은 또 어느 불佛이신지요

무명씨

네모반듯한 사각 틀에 볍씨를 안친다
겹겹이 덮어놓은 비닐을 뚫고 마침내 세상과 소통이 된 싹들
뾰족뾰족 모음을 튼다 자음을 튼다
물과 사랑의 배경으로 환상의 시나리오를 준비 중이다
나의 배경은 모래와 황토, 뜨거운 햇빛 몇 장이었으나
껍질 밖으로 잎을 끌어 올려

지상에 쓰는 메시지는 완벽할까?

양수보다 뜨거운 비닐을 뚫고 나왔으나 이앙기에
가기까지 아직은 멀다
누렇게 뜬 세상에 새파랗게 빛나는 촉을 겨냥한다
매어 달린 이 세상에 내어놓을 드라마는 배수로 밖에 있다

우주는 온통 구멍이라고 볍씨들도 우주에 푸른 구멍을 내
는 걸까?
푸른 하늘 쪽으로 쏘아 올린다 숱한 생명의 나락들

단단한 삶의 아귀에도 연출은 위태롭다
회색빛 무대 위로 퍼지는 낯선 이름 이름들

읽히다

홍천에 가서 수타사를 읽고 뱃터 끝에서 소양호를 다 읽고
꽂이에 열 권씩 꽂힌 더덕을 만났습니다 할머니 무릎 위에서
허튼소리는 껍질로 벗겨지고 속살만 차곡차곡 생生의 경전처
럼 쌓아놓으십니다 세 질에 만 원 인지대만 내라고 했습니다
집에 가면 식구들에게 맛있게 읽히고 저녁상에 평전評傳으로
읽히리라는 전갈이었습니다

옆에서 남 청장님은 아내에게 최신형 디카로 맛있게 읽은
수타사, 청평사 법전을 송신하느라 귀에 댄 핸드폰에서 소양
호 파란 물이 뚝뚝 떨어졌습니다 오늘 저녁 산사주와 함께 읽
힐 말린 두릅과 취나물 한 접시도 배낭에 부적처럼 채우시고
출판 목록이나 참고 문헌까지 꼬박꼬박 아내에게 보고하고
계십니다

춘천 오봉산 청평사 영지는 가람에 장치한 텅 빈 마음의 거
울이라 했는데 뒤쫓아 오는 가을 달에게 꽉 채워 배송해드리
겠습니다 거울이 없어도 청정무구심의 오봉산 자락이 비쳐

보일 것을 의심하지 않습니다 풍경이 모두 마음의 책꽂이에
꽂히는 저녁입니다

뻐꾸기

나뭇잎 위로 청명 곡우 다녀갔지

내 젖은 어깨 위로 햇살들 다녀갔지

주머니마다 달빛 가득 채운 달맞이꽃들

응봉산 달맞이공원 쪽으로 오르고

밤이슬 촉촉이 내린 정자에 기대앉아

한밤이 궁금한 뻐꾸기는 봄바람 한 모금

덤으로 받아 마른 입 적시고

달은 강물을 노 저으며 흘러가는데

천천히 그 물결을 어르고 다시 어르는

뻐꾸기의 뒤울림 소리

본本풀이, 통섭通涉하는 풍경들

전형철 **시인**

무당들의 노래가 있다. 설명할 수 없는 세계를 마침내 인간의 언어로 포섭하고 거기에 의미를 부여하는 자들이 있다. 무당들의 역사는 인간의 기억보다 오래되고, 끈질긴 유전자의 결속보다도 강건하다. 무당들의 시대가 저물었다고 믿어지지만, 이 세계의 저류에서 그들의 존재는 여전히 도도하다. 집점촌集占村이 아니라 세계와 세계가 굴절되는 지점에서, 단독자로서의 존재가 다른 존재와 조우遭遇하는 순간에, 다시 존재와 모母 세계가 대면하는 자리에 무당들이 살아 말하고 있다.

무당들이 지금 말하는 것은 무엇인가? 미래에 대한 예지인가? 과거에 대한 파지와 들춤인가? 예부터 무당들의 진위는 미래를 점치고 과거를 회상하는 데 국한되는 것이 아니다. 그것은 겉면에 불거지는 현상일 뿐, 본체는 그들이 세계의 정체를 교직한다는 데 있다. 눈으로는 보이지 않는, 귀로는 들을 수 없는 로고스(logos)의 세계를 초월하는 새로운 명제로 짜인 인드라(Indra)의 그물망을 발견하는 데 무당들의 위의가 있다. 신의 말을 전하는 메신저로서의 역할이 아니라 신이 만든 세계의 비의를 밝혀내고 거기에 자신마저도 체화시킬 때 무당은 비로소 무당이 된다. 아니, 인간의 역사 그 어디쯤부터 그러한 심급에 이른 족속을 시인이라 이른다.

여기 그 무당과 같은 혈맥血脈, 신맥神脈을 이어가는 시인이 있다. 어차피 시인의 기원은 무당이고 언어로 침범할 수 없는 영역을 언어로 진군할 수밖에 없다는 운명을 제 업으로 체득한 외로 된 인간이 있다. 이 글은 예언과 전언의 당위적인 요구를 냉정히 거절하고 세계와 '나'의 근원적 의미망을 추인해낸 한 '시인'에 대한 기록이다.

돋보기안경 쓰고 내 발바닥에 난 길 따라가다가
골 깊은 용천湧泉을 가로지르다
엄지 쪽으로 올라가는데 웬, 웬, 둥근 나이테
나를 탄생에서부터 묶어온 나이테
그래도 뚫어져라 들여다보는데

빗물이 흐르고 구름이 흐르는 길
천둥 번개 시퍼렇게 흐르는 어둠길이더니
젖은 옹이 앞에 서서 문 두드리더니
나무의 잎그늘이더니 숲이더니
쏴아! 쏴아! 바람이더니

어느새 눈물 퍼덕이는 비늘들 사이 바알간 해
바다가 열리고 내 몸의 문이 열리고

자꾸만 출렁이는 몸 솟아오르고 깊이 가라앉고
빙그르르 내 안을 돌아 나오는 우주
―「일출日出」 전문

신의 내력을 훑는 본本풀이는 무당의 입사 과정에 가장 기본
이 되는 통과제의이다. 신에 대한 본풀이를 통해 인간은 신을
받아들이게 되며 신이 지닌 능력을 전달받게 된다. 그러나 그
능력에만 의존한다면 무당은 신의 대리자 내지는 꼭두각시의
수준에 머물 수밖에 없다. 신의 내력을 인유해 자신이 딛고 선
세상의 내력을 파헤칠 때 인간은 보다 격조 높은 존재로 부상하
게 되는 것이다.
시인 김복태는 자신의 첫 시집을 엮으며 들머리에 「일출日

出」이라는 시를 부려놓는다. 신약성서의 첫머리가 예수의 가계에 대한 본풀이이듯 시인은 자신의 숙명으로부터 비롯되어 우주로 확장되는 운명의 지형도를 가감 없이 그려낸다.

"돋보기안경"은 단순히 생물학적 나이를 지시하는 것이 아니라 그가 지나온 삶의 근거로서 영혼의 완숙을 의미한다. 그 완숙에 근거해 그는 자신의 발바닥에 그려진 "나를 탄생에서부터 묶어온 나이테"를 해석해낼 수 있는 것이다. 2연에서 이런 운명에 대한 해석은 하나의 존재론적 전환을 예비하는 장치로 기능한다. "빗물"과 "구름"이 흐르는 "어둠길"에서 문을 두드리니 "솨아! 솨아!" 바람이 이는 것은 시인의 지나온 파랑 같은 세월을 함의하는 것이기도 하지만, 세상의 숨 있는 모든 존재가 필연적으로 겪을 수밖에 없는 생명의 원형태라고 할 수 있다. 그 홀로그램을 온전히 시인이 감내하고 받아들일 때 비로소 "눈물 퍼덕이는 비늘들 사이"로 붉은 해가 솟아오르게 되는 것이다. 해의 솟아오름은 곧 음에서 양으로의 변화이자 한 경계를 포월하는 인식을 의미한다. 즉, "바다가 열리고 내 몸의 문이 열리"는 개벽開闢과 개안開眼의 순간인 것이다. 그러나 시인은 그 격정을 비등沸騰하게 하지 않는다. 다만 격동을 "깊이 가라앉"히고 매만져 한 알의 여의주와 같은 "빙그르르 내 안을 돌아 나오는 우주"로 수렴시킨다. 인간의 운명을 담고 있다는 발 지문에 담긴 원환의 관찰을 통해 그것을 마치 주역周易의 한 괘로 우주

로 확장시키는 시인의 모습은 시집 전체를 관통하는 밑그림으
로 작동하고 있다.

　　개구리 울음소리 들립니다
　　찰랑찰랑 어린 모들이
　　뿌리를 밀고 내려가는 중입니다
　　아카시아 꽃잎들 써레질로 질척한 논둑에
　　더러는 물속으로 뛰어들며 참견을 합니다
　　나도 살짝 신을 벗고
　　결이 고운 논흙 속에 발가락들
　　뿌리 내리게 합니다
　　생이가래 여러 쌍 파랗게
　　웃는 하늘을 덮습니다
　　개구리 날렵한 혀가
　　초여름을 끌어당깁니다
　　―「모내기」 부분

　본풀이를 통해 자신의 운명을 우주로의 그것으로 확장시킨
시인의 눈이 다다른 곳은 생명과 생명을 키워내는 터이다. 그것
은 시인의 다른 시 「초승달 나무」에서 "둥그렇게 떠 있는 엄마
의 달 속에서 / 내가 나왔는데요"와 「다리」의 "어머니가 건네주

시는 탯줄을 타고 건너왔는데 말이다"와 같은 곳에서도 익히 확인되는 바이다.

늦은 봄 모내기가 끝난 논에 개구리 울음소리가 들린다. 개구리 울음소리는 "낡은 못이여 개구리 뛰어드는 물소리"라는 하이쿠 한 구절과 같이 번잡하지 않은 세계를 공명한다. 그러나 시인의 시 구절이 바쇼芭蕉의 것과 다른 점은 바쇼가 허정虛靜의 한 순간을 그린 반면 시인이 조명한 개구리 울음소리는 생명의 활동을 매개한 데 있다. 개구리 울음소리도 논둑과 논물에 떨어지는 아카시아 꽃잎도 전혀 별개의 장면이 아닌 "어린 모들이 / 뿌리를 밀고 내려가는 중"이라는 한 정점을 보듬고 있는 것이다.

시인은 이러한 풍경에 자신도 "신을 벗고 / 결이 고운 논 흙 속에 발가락"을 담가 혼연의 순간을 완성시키고자 한다. 그리하여 뿌리를 내리며 자신을 키워가는 모와 개안開眼을 통해 존재론적 격양을 경험한 인간인 '나'는 생명이라는 대명제 안에 내남 없는 관계로 포섭되는 것이다. 시인은 바로 그러한 일체화의 순간을 다시 개구리를 통해 응집시키고 있다. "개구리 날렵한 혀가 / 초여름을 끌어당깁니다"라는 구절은 일체화의 순간을 단순히 시간의 한 지점에 머무는 것이 아니라 시간의 연쇄를 통해 결속시킴으로써 생명의 순간이 생명의 주기율로 확장되는 인식을 보여주고 있는 것이다.

만나고 싶어서가 아니면

저리 길길이 뛰겠는가

마른땅의 발바닥까지 직선으로 사선으로

갈길이 뛰다 못해 새파란 칼날 들이댄다

하느님은 번갯불 입안에 올강거리다 내어 뱉었는지

우글부글 들쑤셔 놓으시니,

사람들 오금팽이도 펴지 못하고 오들오들 떨며

동에 번쩍 서에 번쩍 우르르 우레를 몰고 오는데

능소화 얇아터진 입술, 웃고 있는 접시꽃 죄다 울리고 덮

치고

오뉴월 염천쯤에 도져서 진흙 바닥을 훑어내고

흔들리는 영혼 몇 떠메고 가려고 우굿부굿 치근대는

몹쓸 푸닥거리

올감자 허연 볼때기. 백돼지 불그레한 볼기짝

아주까리 잎사귀 우박 맞아 긁힌 자국

작년에 씻겨 간 영혼들 오구굿으로 다시 불러

오지게 만나고 가나 보다

　　　　　　—「장마」 전문

생명이 깃든 터, 세계의 모습은 다만 곱고 전아한 것만은 아

니다. 한 생명이 다른 한 생명의 희생을 통해 유지되듯 어떤 시간과 공간이 빚어내는 국면에는 다른 시간과 공간의 교환이 담보되어 있다. 시「장마」에서 시인은 바로 '날것'으로서의 살아 움직이는 순리에 대해 분명하게 말하고 있다.

장마는 기실 마른 땅을 적시는 축복의 사건이 아니다. 장마는 오히려 하늘과 땅의 불협화음을 드러내는 것일지도 모른다. 그것은 땅을 "직선으로 사선으로 / 길길이 뛰다 못해 새파란 칼날 들이"대는 살풍경에 가까운 것이다. 하늘의 분노는 사람들의 "오금팽이"마저 굳게 만들고 "능소화", "접시꽃"을 죄다 뒤엎어 버린다. 시인은 그것을 "흔들리는 영혼 몇 떠메고" 가는 "푸닥거리"로 명명한다. 거센 물결에 휩쓸려 드러난 밭둑, 아직 굵지 않은 감자와 놀란 백돼지들의 볼기, 우박에 잎이 뜯어진 아주까리들을 바로 작년에 씻겨 간 "오구굿"에 공수된 영혼이라 한다.

경계에는 언제나 고통과 희생이 뒤따르게 마련이다. 그것은 어쩌면 수순을 염두에 둔 만물들이 겪는 생장통의 한 전언이라고 할 수 있다. 시인은 작년과 올해를 통과하는 시간적 간극에 세계를 재단하는 인간의 논리로는 설명될 수 없는 내재된 법칙에 대해 이야기하고 있는 것이다. 조화가 미적인 것이라면 그 이면에서 조화의 한 축을 지탱하고 있는 부조화 또한 미적인 것이다. 살림이 생명의 한 얼굴이라면 죽음 또한 생명살이의 또

다른 얼굴이다. 시인은 생명이 나고 자라며 머무는 자리가 차원과 경계의 씨줄과 날줄로 얽혀 있음을 장마라는 하나의 굿판과 같은 사건을 통해 시화하고 있다.

시인이 보여주고 있는 여러 풍경들은 독립적으로 존재하는 것이 아닌 내밀한 인식과 흐름을 통해 통섭(通涉, Consilience)되고 있다. 사물과 사물이, 생각과 생각이, 또는 사물과 생각이 서로 통通하여 갈라진 것들이 그 틈바구니를 넘나듦으로 건널涉 수 있는 새로운 조합과 조화를 시인은 시도하고 있다. 눈이 멀어 "귀가 듣고 말하"고, "그물망 벌리고 손으로 불러온 벌 떼들"(「꿀벌치기」 중에서)을 분봉시키는 접신과 법열의 황홀에 든 "박 노인"이 그러하고, 석간수 몇 모금에 되살아나 종내 "그림자끼리 서로 씻어주는"(「그림자와 새」 중에서) 빗속에서 결초보은하는 새 한 마리가 그러하다.

통섭은 코드로부터 비롯된다. 코드는 일방적인 방향의 흐름을 지니고 있는 것은 아니다. 코드는 접속되었을 때 가치를 지니며, 한 방향이 아닌 양 방향의 교감을 환기한다. 거기에는 어떤 도덕률이나 우월의 문제가 개입되지 않는다.

송신을 하고 있는 옥수수들을 보았다
정교한 회로를 감싸는 부드러운 수염들과 그것을 감싸는

껍질들

　　그 사이 중심부로 광케이블 선으로 입력시키고 있는

　　맨 끝 부분에 연록으로 알알이 매어 달린 급히 수신된 언
어들이

　　바람 속에 접속하는 걸, 그들은 무한으로 접속하여 슬픈
사랑이거나

　　죽음까지 기록하고 보관한다 해마다 광합성을 하여

　　신선하고 쫄깃한 맛을 갈아 끼운다

　　마니아들은 소금과 설탕을 고루 섞어 냉동 보관한다

　　성능이 약간씩 다른 벌레 먹은 어둠이거나 비어 있는 외로
움도 함께한

　　칩 속에 여러 개의 방들이 어긋나기로 서 있다

　　물과 바람과 태양은 새 영상 메시지도 옮겨 넣어준다

　　환상 교배로의 여행을 즐긴다 흰 알갱이 곁에 검은 알도

　　끼워 넣은 혼혈로, 또는 달콤하고 저렴한 가격의 성능 좋
은 인자로

　　만들어 대량 생산하고 복제도 가능하다

　　마주나기로 죽음과 질투가 삭제된 사랑 하나만을 입력시
켜놓은

　　성능 좋은 복제 인간 하나 냉동 보관해두었다가

　　천 년 후에 다시 만나기로 했다

―「옥수수」 전문

　시집에 실린 시편 중 오래 눈이 머무는 가편이다. 이 시를 통섭의 장場으로 이해할 수 있는 것은 인문학적 사고가 지닌 또 다른 편협성인 "복제"에 대한 혐오가 전면화되지 않는다는 데 있다.

　자연과학적인 상상력이 서정의 맥락과 결합된 이 시에서 시인은 옥수수를 하나의 유기체로 보고 있다. 한때 유행한 〈아바타〉라는 영화와 같이 옥수수는 회로와 광케이블, 칩 등을 내재하고 있지만 기계의 속성을 넘어 생명의 이본異本으로 다가온다. 이는 옥수수가 "알알이 매어 달린 급히 수신된 언어"를 통해 바람과 접속하여 "슬픈 사랑"과 "죽음"까지도 기록하고 보관하기 때문이다. 접속을 통해 옥수수는 "물과 바람과 태양"과 "새 영상 메시지"로 교신하게 되며 궁극적으로 통섭의 상징이라 할 수 있는 "환상 교배로의 여행"을 가능하게 하는 것이다.

　"마주나기"라는 옥수수가 자라는 습성에 대한 주목은 "성능 좋은 복제 인간 하나 냉동 보관"하는 쪽이 아닌 "천 년 후에 다시" 만날 수 있는 약속을 예비한다는 점에서 의미 있다. "죽음과 질투가 삭제된 사랑"은 어떤 수단과 방법을 가리지 않고서라도 본모습은 지켜내고자 하는 인간의 사랑에 대한 예찬과 믿음에 다름 아닌 것이기 때문이다.

시인 김복태는 "그리움의 안테나"에 매달려 별점을 치고 엄지발가락을 꼭 조여 허공 속의 허공을 유영하는 난숙한 무당과 같다. 그의 무양無恙한 유영은 그리고 정직하다. 사람을 꿰어 헛된 믿음과 희망을 갖게 하는 것이 아니라 빛의 밝음과 그 이면의 어두움까지도 세상의 본래 모습이라며 품어 안는다. 시인은 존재와 세계, 생명과 죽음의 결계를 넘나들며 생명의 흔적을 따라 틈을 메우고 서로의 영혼에게로 건너가고자 한다. 옥수수를 통해 천년무변千年無變의 사랑을 탐지하는 그의 시에는 생파의 향기가 빚어내는 "짜릿한 전류"가 흐른다. 편견과 이기利己를 초월한 자리, '너'와 '내'가 접속되는 이 "환상 교배로의 여행"은 한국 현대시단에 통섭通涉의 새로운 장을 펼쳐 보이고 있다.